# Benjamin et son voisinage

Pour tante Trena et oncle John – S.J.
Pour mes voisins de Port Perry – B.C.

**Données de catalogage avant publication (Canada)**

Jennings, Sharon
[Franklin's neighbourhood. Français]
Benjamin et son voisinage

Traduction de : Franklin's neighbourhood.

ISBN 0-439-00475-6

I. Bourgeois, Paulette. II. Clark, Brenda. II. Duchesne, Christiane, 1949- .
IV. Titre. V. Titre : Franklin's neighbourhood. Français.

PS8569.E563F7214 1999  jC813'.54  C99-930573-5
PZ23.J46Be 1999

Benjamin est la marque déposée de Kids Can Press Ltd.

Édition publiée par Les éditions Scholastic,
175, Hillmount Road, Markham (Ontario) Canada L6C 1Z7,
avec la permission de Kids Can Press Ltd.

5 4 3 2  Imprimé à Hong-Kong  9 / 9 0 1 2 3 4 0

# Benjamin et son voisinage

Texte de Sharon Jennings
Illustrations de Brenda Clark

Texte français de Christiane Duchesne

Les éditions Scholastic

Benjamin sait compter jusqu'à dix à l'endroit et à l'envers et il peut réciter l'alphabet sans se tromper. Il adore dessiner et aime énormément parler de ses découvertes. Ainsi, lorsque monsieur Hibou propose le premier sujet de recherche de l'année, Benjamin est tout à fait prêt.

— Autour de nous, explique monsieur Hibou, il y a notre voisinage. Et notre voisinage est fait de maisons, de magasins et...

— ... de jardins, dit Arnaud.

— Il y a un hôpital, ajoute Odile.

— Voilà! dit monsieur Hibou. Je voudrais que demain, chacun de vous me remette un dessin de ce qu'il préfère dans notre voisinage.

— Vous, qu'est-ce que vous aimez le plus? demande Benjamin.

— L'école, répond monsieur Hibou.

Tout le monde éclate de rire.

Lorsque Benjamin rentre à la maison,
il court dans sa chambre.

— Tu veux une collation? demande sa mère.

— Non merci, répond Benjamin. J'ai un projet
à faire.

Benjamin prend ses crayons et du papier,
puis commence à réfléchir.

Il pense d'abord au magasin de crème glacée,
puis à la piste cyclable, et ensuite au terrain de soccer.

Benjamin soupire. Ça va être bien difficile de choisir
ce qu'il préfère dans son voisinage

Benjamin va trouver sa mère.

— Est-ce que je pourrais avoir ma collation maintenant? demande-t-il. Je crois que mon cerveau a faim.

Mais même après avoir mangé trois biscuits aux mouches et bu deux verres de lait, Benjamin ne sait toujours pas l'endroit qu'il préfère.

— Va te promener un peu aux alentours, suggère sa mère.

— Ça va peut-être m'aider, dit Benjamin.

Il prend ses papiers et ses crayons et part en promenade.

Dans le pré, Benjamin rencontre Lili.

— J'ai terminé mon projet, lui dit Lili. J'ai choisi la bibliothèque et, juste après l'école, j'y suis allée pour faire mon dessin.

Benjamin se rappelle l'heure du conte avec madame Bernache, la bibliothécaire.

— C'est une bonne idée, dit Benjamin. C'est peut-être ça que je vais dessiner.

Il dit au revoir à Lili et s'en va à la bibliothèque.

Benjamin est assis dans l'escalier de la bibliothèque, quand Raffin passe.

— Tu as terminé ton projet? demande Raffin.

Benjamin secoue la tête.

— J'allais dessiner la bibliothèque, mais en chemin, j'ai vu le cinéma. Je n'arrive pas à me décider.

— Moi, j'ai choisi le poste de pompiers, dit Raffin.

Benjamin se rappelle du jour où le chef Loup l'avait laissé s'asseoir dans le grand camion rouge.

— C'est une bonne idée, dit-il. C'est peut-être ça que je vais dessiner.

Il ramasse ses papiers et ses crayons et continue son chemin.

Benjamin arrive devant le poste de pompiers lorsqu'il aperçoit Ludo.

— Tu as terminé ton projet? demande Ludo.

— Non, soupire Benjamin. J'allais dessiner le poste de pompiers, mais en chemin, j'ai vu d'autres endroits que j'aime tout autant.

— Moi, j'aime bien l'étang, dit Ludo.

Benjamin se rappelle les baignades avec ses amis, le patinage sur l'étang gelé.

— C'est une bonne idée, fait Benjamin. C'est peut-être ça que je vais dessiner.

Il salue Ludo et part vers l'étang.

Benjamin observe l'eau lorsque Martin arrive.

— Qu'est-ce qui se passe? demande Martin.

— Je n'arrive pas à me décider, dit Benjamin. Il y a trop de choses que j'aime.

— Moi, mon endroit préféré, c'est le coin des petits fruits, dit Martin.

Benjamin se rappelle tous ces moments où il est allé avec Martin cueillir des mûres.

— Tu vois? dit Benjamin. Une autre belle idée!

— Pourquoi pas le parc? suggère Martin.

Benjamin pense à tous les moments où il va glisser et se balancer avec ses amis.

— C'est ça, dit-il. Le parc!

Il dit au revoir à Martin et part vite.

La maman de Benjamin le trouve, tout seul, assis sur la bascule.

— La promenade t'a aidé? demande-t-elle.

— Pas vraiment, répond Benjamin. Il y a tellement de belles choses dans le voisinage.

Sa mère le prend dans ses bras et le serre très fort.

— Viens, allons en parler à la maison, dit-elle. J'ai préparé ton souper préféré.

Benjamin sourit.

— Au moins, ça, je sais ce que c'est.

Après la soupe au brocoli et la tarte aux mouches, Benjamin se sent mieux.

— Je peux me remettre à réfléchir, dit-il.

Puis, il demande à ses parents ce qu'ils préfèrent, eux, dans le voisinage.

— J'aime le marché du samedi matin, dit sa maman.

Benjamin sourit. Il aime bien les petits pois de monsieur Lapin et les gâteaux de madame Écureuil.

— Moi, j'aime bien mon club d'échecs, dit son papa.

Benjamin est tout à fait d'accord. Il aime bien, lui aussi, faire partie du club d'échecs.

Puis, Benjamin pense à quelque chose.

— C'est vrai que monsieur Héron déménage?
demande-t-il.

Monsieur Héron est président du club d'échecs.

— Oui, c'est vrai, répond le papa de Benjamin. Il va
me manquer. Sans lui, le voisinage ne sera plus le
même.

Benjamin est encore d'accord. Monsieur Héron va lui manquer à lui aussi.

Tout à coup, Benjamin sait exactement ce qu'il va dessiner.

— Je sais ce que je préfère! dit-il.

Benjamin court à sa chambre et se met au travail.

Le lendemain, à l'école, tout le monde est très excité. C'est l'heure de regarder les projets.

Et c'est Mathieu qui commence.

— J'ai dessiné la rivière, dit-il.

— Moi, j'ai dessiné la forêt, dit Hubert.

Enfin, c'est au tour de Benjamin. Il déroule une très grande feuille de papier.

Sur la feuille, on voit le portrait
de tous les gens du voisinage que
Benjamin connaît.

— Je ne comprends pas, dit Lili.

Benjamin sourit.

— J'ai dessiné mes voisins, explique-t-il. C'est ce
que j'aime le plus dans mon voisinage.